KB272545

파

파

송승환 시집

2026
문학실험실

시인의 말

있다

이

1

비가 오면 눈이 오면

2

물고기 무리에서 새들의 무리로
물의 섬유
물 위를 떠다니는 뱀으로

강을 거슬러가는 물결의 빛으로
조개껍질에서 물결의 소용돌이로

자작나무 얇은 거울 빛 잎으로
종달새가 창공에 남긴 흔적으로

푸른 빛 비단으로
떠올랐다 사라지는 거품으로

3

거품으로

나무의 깊은 초록은 공기를

나무들은
철새들은 삼각 편대 비상의 구조로

남쪽으로

물속에 던져진 돌처럼

4

비가 오면 눈이 오면

이

1

지하 계단을 밟고 올라오는 너의 얼굴

돌의 건축물

검은 돌 표면을 비추면서 다른 돌 표면에 비추어지는

표정 직물 광물 액체 연기

빛은

무수히 빛나면서 거울에서 부서진다

직선은

시선은

언제나

너무

늦게

2

비가 오면 눈이 오면

내가 바라보는 바가

내가 듣는 바가

내가 아는 바가

마치

빙하의 밤 I

1

흰 고체는 깨지지 않고 흐른다

흐를 수 없는 곳까지 흐른다 여름에 녹지 않는 눈의
하얀선

설선

고체와 공기의 경계

만질 수 있는 것과 만질 수 없는 것의 크레바스*

극지의 빛이 얼음을 관통한다 한없이 하늘에 가까운

얼음이 푸르게 빛난다

눈 결정은 모든 눈송이가 으스러진 것이다

녹아 사라질 때까지

크고 두꺼운 밤은 언제나

천천히 바닥을 긁으며 흐른다

                    2

푸른 암석과 흙이 도청 광장에 쌓여 있다

흰 사람들이 누워 있다

* crevasse

빙하의 밤 Ⅱ

1

모든 크레바스는 깊다

깊고 푸른 눈빛이다 강하의 속도를 품고

눈은 희다 모든 눈은

#은

흰 사람들 몸속으로

들어가서 이름의 그림자를 반쯤 들어 올린다

(

)

#은

푸른 얼음은 이름 없이

녹아 흐른다 오로라의 밤

초록 불꽃의 밤

빙하는 거대한 궤적을 남긴다

시간의 피오르드*

시간의 침식

시간의 퇴적

휜 건반 휜 건반

크레바스 속에서

너의 이름은

파

      2

응급실 투명한 공기는 항상 바깥에서

안으로 흐른다

#은

*fiord

빙하의 밤 Ⅲ

1

눈의 건축학적 질서가 붕괴되고 있다

빛의 푸른 탄환이 얼음을 통과하고 있다

네 이름의 닻이 백지에서 지워지고

한 권의 책이 투명한 빛의 음악으로

녹아 흐르고

있다

노를 저어라

노를 저어라

마지막 일각 고래

길고 검은 뿔처럼

획을 긋는 흰 그림자처럼

2

　네 이름의 방은 침대 마루 물의 거울 물의 액자 직물
들 샹들리에*로 빛난다 너의 얼굴은 물의 사진 속에 있
다 대기는 너의 얼굴 너의 이름 너의 흰 셔츠에 스민다
푸른 연못의 파동을 일으킨다 순간 빛이 너의 눈을 비
춘다 모든 사물은 빛의 윤슬 속으로 빛의 물결 속으로
네 이름의 윤곽은 대기 속으로

묘비의 이름에서 흰 그림자

소리는

3

얼음의 아이들이 썰매 개를 몰고

나타난다 얼음에 구멍을 내고

있다 얼음의 수평선이 이어지고

있다 작살을 던지고

얼음에 구멍을

너의 이름을

백지의 벽에서 백지의 문까지

작살을

노를

* chandelier

無

人

사람이 눕는다

卌

아래 장작더미 놓는다

一

한 사람

火

일생 스스로 불을 지핀다

불을 지펴라

舞

人
사람들이 누워 있다

卅
마흔 명이 묶여 누워 있다

一
밖으로 나온 손가락 하나

夕
서쪽 초승달

빛

구덩이에 차고 넘친다
어그러진다

왼발 오른발
왼발 오른발

달의 오른쪽이 빛날 때

흙 속에서
춰라

춤춰라

춤

춤

춤

풀밭에서

개나리가 노랗다

저 노랑 속에 개나리가 있지 않다

개나리가 피어 있다

묻엄

묻엄

撫

너는 흰 손으로 저녁의 푸른 공기를 어루만지라

있다

燕

검은 들판

검은 풀들

검은 열기 속에서

있다

마치

다이빙 I

1

하

어머니 두 허벅지 벌리고

분만실 침대 누워 있다

검은 혀가 백지에 솟아오른다

파

2

하

　빛의 망치로부터 망치의 광휘로부터 밤의 물살로부터 밤의 광휘로부터 밤의 현무암으로부터 밤의 파도로부터 파도의 주파수로부터 주파수의 진동으로부터 너는 결백한 숨으로부터 거친 숨으로부터 **파** 양수의 파동으로부터 흐물거리는 덩어리로부터 너는 어둠과 떡갈나무와 새와 공기 바닷물의 무게와 심해 암석들의 그림자 부서지는 포말과 무너지는 수평선 달의 차오름과 비움 보름과 그믐 달의 짐승과 원을 그리며 날아가는 매의 만곡과 비명의 섬광과 근육의 긴장과 목구멍 가장 깊은 곳으로부터 너는

파

3

이

곳에서

곳의 벼랑에서

이

너는 물소리 듣는다 양막의 진동 속에서 떨리는 목소리 **이 이** 포도주 항아리 밑바닥 찌끼 긁는 소리 철필로 칠판 긁는 소리 결박된 어둠 끝에서 맴도는 소리 말을 안으로 삼키면서 흘러나오는 침 소리 너는 왼쪽으로 오른쪽으로 위로 아래로 머리를 돌리고 되돌리고 너는 얼굴의 음영과 질감도 없이 **이 이** 귀의 무한한 열림 속에서 소리의 촉감을 듣는다 수도꼭지에서 떨어지는 물방울 소리 탄피 떨어지는 소리 자동차 방향지시등 소리 밤의 반향 눈꺼풀 닫히는 소리 숨죽인 흐느낌 **이 이**

어떤 목소리

곧

4

하

스프링보드*가 흔들린다

백색 공기를 찢으면서

너는

타

* springboard

다이빙 II

1

화살이 시위를 떠난다

2

첫 울음의 빛이 공기 속에서 타오른다

눈물의 기름이 흘러내린다

폐

첫 들숨과 날숨의 공포 속에서

너는

이름이 없다 무엇을 누구를 언제를 어디를 말하는지
왜 말하는지 붙잡히지도 벗어나지도 두 눈은 두 귀는
코는 입은 목은 두 손은 두 팔은 가슴은 허리는 다리는
두 발은 감은 속눈썹 휘장 뒤에서 부릅뜬 두 눈 속에서
물속의 집을 가로질러 미끄러져 나온 한 마리 물고기
너는 아무것도 어떤 것도 무엇으로도

        ㅍ

              3

        ㅍ

소리 없이 떨리는 자음의 활대로부터

화살의 깃은 나선형으로 회전한다

얼굴은 산도* 속에서 회전한다

하늘에서 항문으로

눈동자

각막 무늬

밤의 나선을 돌아

뚫고 나온 이름

일곱 번째 자음

ㅊ

말하라

말하라

한 잔의 피 묻은 쐐기풀로부터 치찰음 소리의 빛이
새어 나온다

밤의 상공을 휘젓는 헬리콥터 바람으로부터

ㅊ

ㅊ

4

어머니는 밤에게 죽은 자들에게 말한다

ㅈ

밤의 책들
검은 가죽 장정

ㅈ

이름들과 비명들의 책
인디언 페이퍼* 넘기는 소리

밤의 사막
모래 알갱이들이 스러지는 소리 듣는 두 귀의 울림

그것이 거기에 있다

그것은 검다
그것은 검다

검다

검은 것은 들린다

검은 것은 소금의 빛을 머금고

검다

ㅈ

아름답다

아름

두 팔을 둥글게 안은 검은 둘레

바깥에 있다

너는

검다

어머니

ㅈ

5

활은 떨림 속에서

＊産道. indian paper

화살은 포물선 속에서

ㅅ

ㅅ

혀끝소리는

너라는 부름의 세계는

다이빙 Ⅲ

1

검은 동굴
회색 연기가 피어오른다

ㄱ

눈 위로 걸어 나간 동물의 발자국
수목한계선 너머로 사라진다

녹아 흐르는 눈길 속에서

말한다

ㄱ

2

음

해변 없는 바다에서 어머니가 부른다

공기의 목소리

너는 사람들에게 등을 돌린다

물의 리듬 속으로 얼굴을 담근다

너는 들린다

돌진한다

시멘트 동굴 가운데에서

너는

밤의 흰 바다 속으로

되돌아가는 포말의 검은 빛 첫 음절

파

                3

음

공중으로

앞으로 뒤로

세 번

연속 몸 비틀기

너는 전속력으로

떨어지는 자세의 영상을 세계에 남긴다

영상映像

영상影像

영상靈想

밤의 수영장

일렁이는 물빛에 나타난다

ㄱ

물은 일어난 물의 보푸라기 물방울을 거둔다

물은 물로 있다

물의 목소리는

말한다

목소리 없는 목소리

방금 누군가 펼쳐놓은 공기의 책

읽고 지나간 물의 페이지

음

물과 공기의 부름 앞에서

물방울의 왕관을 머리에 쓴 자

이름은 모든 빛의 눈부심과 함께

파

4

음

다이빙 IV

1

타

빛은 공기 속에서

물속으로 나아가면서 꺾인다

2

타

검은 개

물속으로 뛰어든다

침沈

잠기는 물속에서 입술을 다문다
망설이는 눈빛의 말

묵黙

검은 개

침묵

물속에서 울려 퍼지는 빛의 메아리

ㄹ

3

빛이 대각선으로

밤의 무대를 두 개로 나눈다

너는 물의 오페라 밤의 객석에 앉아 있다

너는

물속에서 눈을 감은 너의 얼굴

검은 손가락 사이로 흘러가는 것을 본다

너는 잠긴 선체 철문을 두드리는 소녀의 푸른 주먹이
뺨에 닿는 냄새를 맡는다

너는 무료 급식소 앞에 줄을 선 여자의 찢어진 옷깃
을 만진다

너는 무너져 내린 아파트 시멘트 더미 소년의 핏빛
양말을 본다

너는 포격 속에서 울고 있는 아이의 눈물을 맛본다

그리고 밤의 무대 정중앙 흰 소파에 앉아 있는 어머니

검은 눈썹을 바라본다

어머니 눈매는 젖은 것에서 젖은 것으로

있다

물결과 떼 지은 물고기 물풀들 흐르는 것 흔들리는
것 빛나는 것 어두운 것 반사되는 것 굴절되는 것 떠오
르는 것 가라앉는 것 자라는 것 썩어가는 것 펼치는 것
오므리는 것 얇은 것 가느다란 것 숨 쉬는 것 물길 속에

모든 것이 있다

모든 것이 빛과 보이지 않는 물의 그림자로 차 있다

있다

있지 않음이 있다

물 아래

검은 개

말하라

말하라

4

너는 검은 개

빛을 잃은 자들의 물그림자 속으로

너는 뛰어든다 듦

너는 받아쓴다 씖

ㄹ

ㄹ

심해에서 수면으로 올라오는 물의 목소리

너는 검은 개

짖는다
짖는다

짖는다

ㄹ

5

타

두 개의 긴 쐐기풀이 강물 위로 몸을 구부린다 풀들
이 검은 물 위로 빛의 영상을 드리운다 잠자리 한 마리

오래된 거룻배 고물에 내려앉는다 물 흐름 따라 움직인
다 거미줄 끝 벌레 한 마리 검은 물 쪽으로 늘어진다

ㄹ

다이빙 V

1

빛

물방울 왕관이 부서진다

2

빛이 없는 곳

향유고래가 나아가고 있다

3

너는 눈을 감은 자들의 마지막 눈빛에 잠긴다

너는 검은 방에서 실패를 감는다

너는 어떤 살아감과 죽어감의 자리였음을 알아차린다

너는 밤에 흰 바지를 입고

4

여름 연못

일렁이는 골풀들 사이 미끄러져가는 무엇

수면 위로 달려가는 작은 무엇

새의 형태와 흡사한 무엇

검은 돌 위에서 천천히 부서지는 빛의 종소리

무엇

Aria

밤과 저녁.

밤과 저녁 사이. 밤 아니면 저녁. 너는. 아니.

밤과 저녁 사이 너는 검은 창문 앞. 서 있을 것이다.

밤과 저녁. 너는. 검은 창문 앞. 푸른 그림자 떨어뜨리고 서 있었을 것이다. 너는 검은 창문. 너머. 푸름과 검음. 푸른 검음과 검은 푸름의 수면. 수평선. 흘러넘치는 그림자. 일렁임. 보이지 않는 물결. 푸름과 검음. 물결. 머리카락 휘감고 돌아 귓속으로. 잠겨들고 있을 것이다. 밀려오면 부서지고. 물결. 포말. 흰 포말. 밤. 그리고 저녁. 정적.

밤과 저녁.

밤 아니면 저녁. 너는. 아니.

밤과 저녁 사이 너는. 검은 빛의 걸음 소리. 소용돌이. 다가오면 사라지고. 파도. 검은 유리창 넘어. 밀려오는 밤. 그리고 저녁. 몸 안에 차오르는 푸른 검음. 검은 푸름. 저 하늘에서 내려오는 빛의 걸음 소리. 바람. 깎이고 있는 돌의 모서리. 휘어져서 굳은 나뭇가지 끝. 파도. 밤과 저녁 사이. 그리고 정적.

검거나 푸른 빛.

바다.

창고.

검은 눈썹.

푸른 블라우스.

너는.

마치.

메가폰*의 밤 Ⅰ

1

풀 뜯는 물소 정수리에서 숫아오른다

뿔

2

각궁

송승환 시집

밤의 화살은 멀리

빠르게 과녁을 향한다

활

시위

진동 폭이 커진다

소리의 폭이 커진다

움츠릴수록 팽팽하다

뿔

3

한 여자의 정수리에서 자라나고 있다

밤의 사이렌

불의 말에서 불길에 휩싸인 말로

뿔

4

오월의 푸른 밤

검은 피의 목소리

시민 여러분

*megaphone

메가폰의 밤 Ⅱ

1

새야 새야

2

가는 바늘 끝

흰 종이 거친 표면을 긁는다

가는 바늘 끝

말아 올린 종이 원뿔 속에서

공기를 진동시킨다

소리는

공기가 많을수록 큰 소리를 낸다

너는

긁는다

3

깃

찢어지면서 휘날린다

너는

긁는다

4

한 사람의 목울대에서

세 사람의 목울대로

더 멀리

더 크게

흩어지지 않고 앞으로

소리는

귀는

고막은 떨린다

물속에서 타오르는 잠수부의 횃불처럼

5

너는

읽는다

잠의 미광과 밤의 안개 속에서

공기의 떨림은 검은 폐에 머문다

있다

있지 않음이 있다

이름하지 않음이 있다

얼굴 없이

너는 말한다

너는 사람으로 태어난다

6

새야

새야

A

정면에서 바라본 황소의 얼굴

가장 단단한 뿔의 날카로움

성난 문자들 모두 몰고 와

있는 그대로

사물의 표면

전체를 들이받는다

오른쪽 뿔의 끄트머리 닿아 있다

그림자의 국경

1

백지의 지평선에서 검은 선이 넘어온다

2

목포행 1번 국도 남평南平 12월의 공동묘지 너의 첫
무덤이 있다 국립광주박물관 너머 양산陽山 1월의 공동
묘지 너의 첫 무덤이 있다 두 무덤에서 그림자는 두 육
체를 받아들이기 위해 두 개의 구덩이를 판다 그림자
없는 두 개의 무덤 창평昌平에 나란히 누워 있다 너는 창
평에 가지 않는다 너는 광장 분수대로 걸어 들어간다
겨울 저녁 은빛 그림자 끌고 간다 네 개의 무덤 두 개의

그림자 하나의 가족 하나의 언어 죽은 자는 알고 있는
가 그림자의 국경을

3

너는 백지 앞에 있는다

오월의 풀밭*

하늘
투명한 거울

저 빛의 안쪽에서
푸른 철문 열리는 소리를 들은 것 같다
너는

누구나
나눠 받는 무한한

빛

두 손바닥 가득
흘러넘치는

공기

풀의 향연 풀밭의 향연
오월의 풀밭

붉음과 초록이 돌아왔다
휘다가 희다가 돌아왔다

붉은 공기 직물 조각
꽃

잎사귀는 공기에 내어 맡긴다
풀밭은

뿌리내린 것 조금 더 뻗어 나가는 것 멈춘 것 떨어지
는 것 드러난 것 숨은 것 베어진 것 짓밟힌 것 솟아오르
는 것 단순하고 흔한 것 돌처럼 강물처럼 빛의 세계 모
든 것처럼 풀밭의 일요일

네 귓속에 돋는 오월의 풀밭

장미 라일락 수국 금낭화 흰매발톱 앵초

붉음과 초록이 돌아왔다
휘다가 희다가 돌아왔다

수천의 발길 발길 속 풀밭
수천의 날들 나날 속 날들

오월의 향연

* Philippe Jaccottet

분수대의 밤 Ⅰ

1

사람 몸에서 흘러나온 기름 자국은 지워지지 않는다

2

체육관 나무 바닥

동여맨 나무 배 아래 저음의 목소리 새어 나오고 있었다

한 여자의 엎드린 품

이름 없는 얼굴 뒤편 흰 송곳니가 박혀 있었다

검은 판화

시너* 향의 밤

현수막 푸른 말 포말 흘수선 너머까지 차오르고 있
었다

3

백악기 백목련 희게

호른의 형상으로 타오른다

모차르트 오중주 안단테 음표 속으로

밤의 빛 물 소리

* thinner

분수대의 밤 Ⅱ

1

음

태아의 귀에서 죽어가는 사람의 마지막 귀까지 흐
른다

2

좁은 통로 통과한 물은 더 빠르다

너의 귀는 열려 있다

새는 울면서

우는 목울대로

새 이름을 부르고

여름 빛을 불러들이고

빛의 여름을

오월의 풀밭을 흘려놓고 하늘과

땅 사이 오르내리는

음

3

밤의 물 줄기가 솟구친다

빛 방울

찬란한 것

어슴푸레 틔우는 것 그을음 지는 것 아스팔트 녹아
흐르는 검은 냄새 타는 너의 긴 머리카락 연기 오월의
밤 공기 피어오르는 라일락 향기

밤의 정점에서 멈췄다 떨어지는 포물선

빛나는 밤 잎 사 귀

빛나는 밤 이름의 귀

휘돌고 휘감아 흘러

음

4

귀가 열려 있다

들린다

비닐하우스의 밤

1

붉은 안개 속에서 푸른 오토바이 나타난다 상향 헤드
라이트 빛 건물 기둥 그림자 너의 얼굴에서 검은 숲 이
파리 바람 불어온다 엔진 기척은 없는데 두 바퀴가 일
정한 리듬으로 돌아가고 있다 일제히 건물 조명이 꺼진
다 오토바이 바퀴 영상 내 손가락 사이 스친다 나는 너
의 흰 머리카락을 만진 것 같다

2

바람이 창문을 두드릴 때마다
인터체인지 불빛

안에서 한 사람 그림자 걸어나온다
검은 눈동자
가장 검은 빛으로

봄의 검정

너의 검정에게 묻는다

나의 이름을
내가 사라지는 시간의 이름을

채석장의 밤

1

장막을 걷자 음악 없이 작은 예식이 집행되고 있었
다 모두 앞을 향한 사람들의 등에서 종려나무 열매 향
이 묻어 나왔다 저 빛 두 손 모은 어깨 너머 네 이마에
서 고요히 부서졌다 어쩌면 멀리 머무를 수 있는 힘으
로 거기 있었다는 듯 눈이 부셨다 너는 나아갔다 다른
장막 앞을 반쯤 가렸다 거기서 너는 뒤돌아보았다 아무
도 아무것도 다만 크고 검은 바위가 밤의 장막 한가운
데 푸르게 빛나고 있었다 음악 없이 너는 밤의 성소에
서 울려 퍼지는 빛과 고요의 음계 속에서 내려오고 있
었다

2

가시금작화
딸기나무 사이

채석장의 밤

토사를 파내다 멈춘 포클레인이 서 있다

나는 나무 막대기로 흙을 파기 시작한다
막대기가 부러진다

나는 무릎을 꿇고 살갗을 맞댄다

거기 바위의 검정이 있다

테이블*

너는 호텔 복도 끝에 앉아 있다

내 붉은 머리칼을 향해 손을 뻗는다

나는 반대편 복도 끝에 서 있다

벌어진 너의 입술을 바라본다

12,756km

테이블

너머

우리는

함께

있다

* table

밤의 태양 아래

쇠가 흰빛으로 달아오르듯 과도한 것은 모두 희다

그리고 밤의 비닐 속에서 은빛 식물들은 천천히 움직
인다

밤의 태양은 종을 울린다

검은 장막을 찢고 잉어가 물 바깥으로 튀어 오른다

그것이 거기에 있다

Aria

밤과 저녁.

밤과 저녁 사이. 아니. 밤이.

저녁이. 너를. 저녁에. 이녁에. 밤의 돌들이 구르는 소리. 돌들의 밤이 일렁이는 소리. 소리의 파고. 파고의 빛. 빛의 물결. 부서지고. 너를. 쓰러뜨리고.

밤. 그리고 저녁.

밤의 푸름과 저녁의 검음 사이. 사이가 사라지는 저녁에서 이녁으로. 아니. 밤이 저녁이. 이녁으로 걸어오고. 밤의 그림자도. 저녁의 그림자도. 저녁에서 걸어오고. 너는. 부서지고.

밤과 저녁 사이.

빛의 폭풍우.

돌들이 유리창을 부순다. 저 검음.
저 모든 흰 빛의 부서짐.

바다.

창고 밖.

푸른 눈동자.
검은 셔츠.

너는.

마치.

零

一

붉은 하늘 지평선은 길다

雨

불현 물의 목소리

검은 구름 가로질러 길게

지면에 새겨진다

一

백지의 측면

아래로 스미는

저 물의 이름들을 받아쓴다

물방울에서 눈 결정까지
눈 결정에서 물방울까지

솜

너로 하여금
너로 하여금

녹거나 얼거나

零

너는 있다

霙

一

초겨울 호수 공원 얼음 두께는 얇다

雨

은빛 물방울 소리가 굴러간다

재잘재잘 아이들 등성이 너머로

雨

떨어지는 싸라기

흰

싸라기

눈

꽃

++

검은 풀

央

꽃부리 가운데 길게 피어오른다

++

열매는 없다

一

너는 누워 있다

雨

진눈깨비

霙

霙

밤의 호수 공원 얼음 두께는 얇다

靈

一

검은 제단

雨

바람이 촛불을 꺼뜨린다

口 口 口

일제히 하늘을 향해 벌어지는

세 개의 입술

示

보이지 않는 것을 보는 자

口 口 口

너는 검은 그릇에 술잔을 올리고

一

기다린다

雨

기다린다

巫

저 높은 곳에서 내려오는 어떤 목소리

靈

靈

靈

검은 심지에 불이 붙는다

너는 밤의 백지에

마치

이름은

1. YHWH

이스라엘 백성이 신의 이름을 묻는다면 그 답변은 무엇이냐는 모세의 물음에 신은 다음과 같이 답한다. "나는 곧 나다 […] '나를 너희에게 보내신 이는 너희 선조들의 하느님 야훼시다. 아브라함의 하느님, 이사악의 하느님, 야곱의 하느님이시다.' 이것이 영원히 나의 이름이 되리라. 대대로 이 이름을 불러 나를 기리게 되리라."(「출애굽기」 3:14~15) 그리고 신은 자신의 이름을 다음과 같이 거듭 분명히 밝힌다. "나는 야훼다. 이것이 내 이름이다."(「이사야」 42:8)

한국어 '야훼'로 번역한 신의 영어 이름은 God, 프랑스어 이름은 Dieu, 그 이름의 비유는 각각 'The LORD', 'L'Éternel'이다. 정통주의적 입장의 한국어 개역 개정판에서는 여호와로, 비교적 최근에 나온 새로운 번역에서는 주님으로 번역한다. 이는 신의 고유한 이름 'YHWH', 유대교 하느님의 이름(네 개의 히브리 자음 'יהוה', 즉 Tetragrammaton)을 어떻게 발음해야 하는지에 대해서는 서로 다른 관점이 있다.

유대교에서는 전통적으로 이 이름을 발음하지 않는다. 전통적 유대인은 히브리 성경을 읽을 때 아도나이 Adonai(나의 주님), 하셈HaShem(그 이름)처럼 다른 표현을 대신 사용한다. 거룩한 신의 이름을 함부로 발음하는 것을 불경스럽게 여겨서 '주님', 'The LORD', 'L'Éternel'로 발음하는 것이다. 여기서 주목할 점은 신 자체를 가리키는 네 글자, 'YHWH'. 'YHWH'는, 히브리어'יהוה'에서처럼 모두 자음으로 되어 있다는 점에서 'YHWH'을 발음할 수 없고 신의 이름을 온전히 부를 수 없다. 무엇보다 히브리어'יהוה'에 대응하는 'YHWH' 자체를 발음할 수 없고 이름 부를 수 없다는 점은 신학적 관점에서뿐만 아니라 문학적 관점에서도 주요한 해석을 필요로 한다. 그것은 영원L'Éternel하고 무한한 실재인 신을 유한한 인간의 특정 언어로 발음하면서 특정 이름으로 한정하고 지시할 수 없음을 함의한다. 신은 인간의 언어로 재현 불가능한 실재임을 함의한다.

"나는 곧 나다"로 번역된 영어 문장 "I AM WHO I AM"과 프랑스어 문장 "Je suis celui qui suis"에서 신은, '스스로 있는 자', '나는 내가 누구냐고 묻는 나'이다. "I AM"의 'AM', "Je suis"의 'suis'는, 'be' 동사와 'être' 동사가 의미하는 바와 같이 존재의 '있음'과 모든 것이 될 수 있는 '…이다'를 함축한다. 신은 현재 '있는' 모든 존재이며 모든 것이 '된' 존재이자 모든 것으로 '될' 존재이다. 그런 점에서 'I AM'의 시제는 현재로 한정할 수 없다. 신은 현재에만 있는 존재가 아니라 무한한 과거부터 현재까지, 현재부터 완료될 수 없는 영원한 미래까지 존재하므로 'Je suis'의 시제는 '있다'의 과거·현재·미래를 압축한 시제이다. 모든 것의 기원이며 모든 것의 근거로서 스스로 존재하는 신. '나'는 무한히 있었고, 있고, 영원히 있을 존재. 과거와 현재와 미래에 걸쳐 스스로 만물의 근원으로서 모든 곳에 편재遍在하는 실재이다. 과거·현재·미래의 모든 시간의 층위가 하나의 이름 안에 존재하는 실재이다. 모든 곳에 현존하는 부재이다. 있지 않음의 있음이다. 언어 이전의 '있음'이다. 그러므로 유한하며 우연한 존재인 인간의 언어로 신을 지시할 수 없고 이름 부를 수 없다. 인간의 어떤 언어로도 신을 재현할 수 없다. 신의 이름. 'YHWH'는 이름 부를 수 없는 신을 암시하는 자음이다. 자음 'YHWH'는 신의 실재에 대한 언어의 재현 불가능성을 명시한다.

2. 규약주의와 자연주의

플라톤은 사물의 이름에 대한 헤르모게네스의 규약주의와 크라튈로스의 자연주의 논쟁 속에서 그 논의의 올바름을 각각 검토한다. 헤르모게네스는 "누군가가 어떤 것에 무슨 이름을 붙이든 그것이 올바른 이름"이며 "어떤 이름도 각 사물에 본래 자연적으로 있는 것이 아니고 관습을 확립하고 이름을 붙이는 규칙과 관습에 따라서 있는 것"이라는 이름의 규약주의를 주장한다. 헤르모게네스의 규약주의는 사물의 본성과 무관하게 사람들이 각자 명명하고 관습적으로 호명하는 언어의 자의성과 사회성이다. 이에 대하여 "있는 것들 각각에는 저마다 올바른 이름이 본래 자연적으로 있다. 그리고 이름이란 사람들이 자신들의 언어로 어떤 것의 이름을 부를 때, 그렇게 부르기로 합의하고 부르는 언어의 조각이 아니다. 오히려 이름을 붙이는 올바른 규칙은 본래 있는 것이며, 그것은 그리스 사람이든 이민족 사람이든 누구에게나 똑같다"고 크라튈로스는 주장한다. 크라튈로스의 자연주의는 이름이란 사물에 본래 있으며, 본래의 어떤 올바름을 가지고 있음에서 기원한다. 사물의 본성을 모방해서 명명한 것이 이름이며 이름은 '자연의 상像', 그 '닮음'을 통해 사물의 개괄적 특성을 지닌다는 것이다. 사물의 본성을 따르는 이미지로서 이름은 '자연적으로 있다'는 것. 그것이 크라튈로스의 자연주의이다.

　플라톤은 소크라테스의 목소리를 통해 자신의 이름에 관한 사유를 전개한다. 소크라테스는 최초 이름의 올바름 여부, 최초의 입법가가 각 사물에 적합한 본래의 이름을 음성과 음절로 구현하지 못한 오류의 가능성을 언급한다. 그것이 헤르모게네스의 규약주의가 지닌 결점이다. 소크라테스는 이름의 올바름은 사물이 어떠한지를 드러내는 데 있다고 주장한다. 소크라테스는 "이름들로부터가 아니라, 있는 것들 자체로부터 배우고 탐구해야" 한다는 입장을 피력한다. 자연의 상, 그 닮음의 이미지로서 이름이 잘못 배정될 수 있음을 언급한다. "이름들 없이도 '있는 것들'에 관해 배울 수 있"어야 한다는 것이다. 그리하여 '이름 없이' 실재하는 존재를 설명하지 못하는 크라튈로스의 자연주의의 한계를 지적한다. 그럼에도 불구하고 소크라테스는 이름 없이 존재를 호명할 수 없고 사물의 본성을 배울 수 없으므로 헤르모게네스의 규약주의가 지닌 이름의 '합의'를 수용한다. 자연의 상, 닮음의 이미지. 그 이름 속에 사물의 실재가 부재하므로 사물의 실재 자체로부터 배워야 함을 인식하면서 크라튈로스의 자연주의를 보완한다. 이것이 플라톤의 이름에 관한 사유로서 언어의 특성에 대한 성찰이다.

3. '이것은 …이다'

스테판 말라르메는 'yx 각운의 소네트'에서 프랑스어로 활용할 수 있는 'yx, ix[iks]'를 한 편의 시에서 모두 사용한다. '줄마노onyx', '불사조phénix', '소라 껍질ptyx(또는 작은 주름)', '지옥의 강styx', '수정nixe(또는 물의 요정)', '붙

박이다fixe'라는 프랑스어의 희귀한 각운 '[iks]'가 한 편의 시에 집약된 시이다. 말라르메는 1868년 5월 3일, 친구 르페뷔르Eugène Lefébure에게 보낸 편지에서 다음과 같이 쓰고 있다. "나는 —ix 각운을 셋밖에 얻어내지 못했으니, 형들이 의논해서 ptyx라는 낱말의 진짜 뜻을 내게 알려주거나, 어떤 언어에도 이 낱말이 존재하지 않는다는 것을 확인해주세요. 존재하지 않는 편이 훨씬 더 좋을 것 같은데, 각운의 마술로 그 말을 창조한다는 매혹을 누리기 위해서지요." 그리고 그는 문학의 진화에 관한 설문에서 "하나의 대상을 명명하는 것, 그것은 시를 즐기는 기쁨의 사분의 삼을 제거하는 일입니다. 시를 즐기는 기쁨은 그것을 조금씩 알아가면서 추측하는 행복에 있습니다. 대상을 암시하는 것, 거기에 꿈이 있습니다. 암시는 상징을 구성하는 그 신비를 완벽하게 구사"하는 것이라고 답변한다.

소라 껍질 또는 작은 주름으로 번역된 'ptyx'는, 사실 'yx 각운의 소네트'를 쓰던 당시의 말라르메 자신조차 알지 못하는 낱말로서 친구에게 그 의미를 묻고 있다. '주름pli'을 의미하는 그리스어에서 유래한 것으로 전해지는 'ptyx'는 말라르메가 프랑스어로 최초로 단

한 번만 사용한 낱말로 전해질 뿐 '로베르Le Nouveau Petit Robert(1993)' 프랑스어 사전에는 그 낱말조차 등재되어 있지 않다. 모음 없이 자음만으로 된 낱말 'ptyx'는 '소라 껍질'로도 '작은 주름'으로도 확정되지 않은 어떤 사물의 이름이다. 더 나아가 시에서 'ptyx'는 호명만 될 뿐 시적 공간인 "빈 객실의, 장식장 위에" 부재하는 사물의 이름이다. 'ptyx' 낱말은 부재하는 사물보다 앞서 현전하고 각운의 형식은 의미를 만들어낸다. "무無가 자랑하는 이 물건", '무無'이다. 오직 'ptyx'라는 소리가 'yx, ix[iks]' 각운들과 함께 공기를 진동시킨다. 'ptyx'라는 사물의 순수 관념이 우리의 의식 속에서 음악적으로 솟아오르도록 암시allusion하고 환기하면서 사라진다. 'yx, ix[iks]' 각운이 반복될 때마다 확정할 수 없는 미지의 사물, 의미의 미지 'x'가 환기되면서 암시되고 '없으면서 있는' 사물이 저 부재의 장소에 나타났다가 사라진다. "호명된 사물의 잔영이 어떤 새로운 분위기 속에 잠겨드는 것"이다. "몇 개의 발성發聲으로, 마치 주문呪文과도 같이 세속 언어와는 별개의 새롭고 온전한 어휘를 재창조하는 시구는 말의 완전한 독립을 이룩"하는 것이다. 'ptyx'는 지시적 의미 바깥의 의미 불확정 언어를 창조

함과 동시에 새로운 의미를 암시하고 환기한다.

　말라르메는 일상 언어의 지시적 의미를 확정하는 이름을 제거한다. 그는 "복수複數이며, 최상의 언어가 없다는 점에서 불완전한 언어"(「운문의 위기」)의 우연성, 그 한계를 명확히 인식하고 제거한다. "단 한 번의 발음에 의해 물질적으로 진리 그 자체로 될 낱말들을 아무도 말할 수 없도록 저지"(「운문의 위기」)한다. 말라르메는 사물의 이름을 말하지 않으면서 말한다. 그 이름은 명명되거나 발화되지 않으면서 사물의 순수 관념을 암시하고 환기하면서 백지 위에 쓰이고 지워지면서 무한 생성 중이다. '이것은 …이다'.

4. 아브람과 카프카

　어느 날 신은 아브람Abram에게 "네 고향과 친척과 아비의 집을 떠나 내가 장차 보여줄 땅으로 가"(「창세기」 12:1)라고 명한다. 아브람이 주저 없이 신의 분부에 순종하여 고향 갈대아 우르Ur en Chaldée를 떠날 때, 아브람의 나이는 75세였다. 아브람은 아내 사래Saraï와 고향에서 모은 재산과 거기에서 얻은 사람들을 거느리고 가나 안Canaan 땅을 향하여 길을 떠난다. 아브람은 자신이 가는 곳이 어떤 곳인지도 모르고 떠난다.(「히브리서」 11:8) 아브람은 신이 약속한 땅, 가나안에 도착하지만 곧장 정착하지 못한다. 이미 가나안에는 사람들이 살고 있어서 근처 산악 지대로 가서 임시 천막을 쳐야 했다. 곧 다른 지역으로 길을 떠났는데, 그 지역은 너무나 심한 흉년이 들어서 이집트까지 가서 살아야 했다. 그리고 가나안으로 다시 돌아와야 했다. 아브람은 약속의 땅, 가나안에 정착하기까지 이방인으로서 끝없이 이어지는 길과 사막, 산악 지대와 이집트를 유랑하고 기약 없이 배회하는 떠돎의 삶을 감내해야 했다. 신은 가나안에 정착한 후에도 아들이 없는 99세의 아브람에게 나타난다. "네 이름은 이제 아브람이 아니라 아브라함Abraham이라 불리리라. 나는 너에게서 많은 자손이 태어나 큰 민족을 이루게"(「창세기」 17:6) 하리라 계약한다. "네 아내 사래를 사래라는 이름으로 부르지 마라. 그의 이름은 사라Sarah이다. 내가 그에게 복을 내려 너에게 아들을 낳아주게 하리라. 그에게 복을 내려 많은 민족의 어미가 되게 하"(「창세기」 17:15~16)리라 약속한다. 100세 아브라함은 91세 사라와의 사이에서 아들을 낳는다. 그 아들은 신이 지어준 이름, 이사악Isaac이다. 이것은 성경에서 이름이 지니는 주요한 의미를 함의한다. 아브람에서 아브라함으로, 사래에서 사라로 재명명된 이름은 가나안에서의 완전한 정착과 모든 민족의 아버지와 어머니로서의 정체성을 부여하고 확립한다.

이에 모리스 블랑쇼는 아브라함을 통해 프란츠 카프카를 성찰하고 글쓰기에 대한 사유를 전개한다. 아브라함과 카프카를 경유한 글쓰기에 대한 블랑쇼의 사유는 『문학의 공간*L'espace litteraire*』(1955), 『카오스의 글쓰기 *L'Écriture du désastre*』(1980), 『카프카에서 카프카로*De Kafka à Kafka*』(1981)를 관통한다.

언제나 '아브라함'의 관점에서 읽을 필요가 있다. 어쨌든 카프카에게 있어서 세계로부터 쫓겨난다는 것은 가나안으로부터 쫓겨나 사막을 방황한다는 것을 의미한다.
_『문학의 공간』(88)

글쓰기라는 추방에 처해 쓰는 자. 그 추방의 장소는, 그가 선지자일 수 없는 자신의 고향이다.

_『카오스의 글쓰기』(118)

공동체란 단지 하나의 환영에 불과하며, 공동체 안에서 여전히 말하고 있는 법은 망각된 법이 아니라, 법의 망각의 숨김이라는 것을 뜻한다. 글쓰기는 그리하여, 비탄과 비탄의 움직임과 뗄 수 없는 연약함 가운데, 충만의 가능성이 되고, 글쓰기가 도달하여야 할 유일한 것이기도 한 길 없는 목적과 어쩌면 일치하는 이른바 목적 없는 길이 된다.

_『문학의 공간』(75)

블랑쇼는 75세의 아브람에게 고향을 떠나라는 신의 '선고'를 주목한다. 한 인간으로서 태어나 성장한 고향, 삶의 확고한 근거지를 곧장 떠나라는 신의 말씀은 아브람에게 '추방'을 선고한 법이다. 그것은 사형선고로서 사막의 삶이자 죽을 때까지 싸워야 한다는 삶의 선고이다. 세속적 삶의 행복을 상실하고 공동체의 바깥으로 추방됨을 의미한다. 미지의 약속된 땅, 가나안에 정착할 때까지 사막과 산악 지대, 이방의 길 위에서의 추위와 고독, 굶주림과 떠돎이 끝없이 예정된 시간이다. 한 인간의 예지로는 결코 예측할 수 없는 고통과 불안의 '목적 없는 길'이다. 추방과 배척의 길이다. 아브람은 고향으로 귀환할 수도 없고 가나안에 정착할 수도 없다. 아브람은 자신이 '아브라함'이 되리라는 것도 언제 '아브라함'의 이름을 얻게 되는지도 알지 못한다. 끝없는 이주와 사막에서의 떠돎이 언제 끝나게 될지 알 수 없다. 아브람은 다만 걷는다. 가나안에 도착하리라는 희망을 저버리지 않고 나아가는 떠돎의 한 걸음. 그 '죽어감'과 기다림 속에서 자신의 존재를 구원하리라는 믿음. 아브람 스스로 부여한 소명召命을 견지하는 것. 이것은 인간, 아브람 스스로를 구원하는 발걸음이다. 인간 실존의 양태와 존재의 구원에 대한 알레고리이다.

블랑쇼의 아브라함에 대한 관점은 카프카의 실존과 글쓰기에 투영된다. 아브람에게 신이 있다면 카프카에게는 아버지가 있다. 카프카의 아버지는 가족과 공동체의 법에 복종하라고 명령한다. 카프카는 그 법의 바깥에서 글쓰기를 수행한다. 카프카가 작품의 요구 앞에서 글쓰기를 수행할 때, 그는 아브람처럼 공동체와 법의 바깥으로 추방당한 자의 영원한 고독과 떠돎을 감내해야 한다. 언제 끝날지 알 수 없는 고독과 절망과 떠돎의 글쓰기이다. 아브람이 언제 아브라함으로 되는지 알지 못하는 것처럼 카프카는 1912년 9월 22일 밤, 최초로 "이야기의 확실한 모습"을 스스로 확인하고 눈물까지 흘린 단편「선고*Das Urteil*」를 단숨에 쓰기 전까지 고독과 떠돎 속에서 작품을 완성하지 못한다. 그는 문학에 헌신하지 못하는 자기혐오와 구원에 대한 염려, 글을 쓰지 못하는 재능에 절망한다. 아브람에게 '가나안'과 '아브라함'이라는 이름은 미지의 약속된 땅과 모든 민족의 아버지라는 정체성에 정착하는 것이라면 카프카에게 작품은 가족과 공동체로부터 스스로 추방된 자의 고독과 떠돎 속에서 도달해야 할 글쓰기의 지점이다. 부재하는 작품의 근원이다. 아브람이 곧장 가나안에 정착하지 못하는 것처럼 카프카는 단편「선고」를 완성하고서도 자신의 글쓰기에 정주하지 못한다. 그는 목적 없는 길, 작품에 도달하지 못하는 떠돎의 글쓰기 앞에서 비탄한다. 그럼에도 불구하고 카프카는 "작품의 요구와 자신의 구원이라 이름할 수 있는 요구"(『문학의 공간』), 자신의 존재를 증명하고 정당화해줄 수 있는 유일한 글쓰기에 응답한다. 약혼과 파혼을 거듭하면서 끝낼 수 없는 구원의 글쓰기를 지속한다. 그리하여 카프카의 『성』은 유배 자체이다. 처음부터 고향과 가족의 삶으로부터 영원히 추방당한

서사이다. 『소송』은 추방 자체이다. 아브람이 언제 가나 안에 정착하게 될지 알 수 없어서 떠도는 것처럼 카프카의 글쓰기는 언제 끝내야 할지 몰라서 미완으로 끝난다. 미완이 완성하는 글쓰기이다. "정해지지 않은 것을 결코 끝내려 해서는 안"(『문학의 공간』)되는 것이다. 블랑쇼에게 아브람과 카프카라는 이름은 공동체와 법의 바깥으로 추방된 존재의 고독과 불안, 자기 존재의 구원에 대한 기다림과 죽어감, 끝없는 이주와 떠돎을 영원히 반복하는 글쓰기의 '부름'이다.

5. 울부짖음

'인간이라는 종種: *L'espéce humaine*'을 절멸Shoa시키려는 사태의 현장에서 살아 돌아온 여자. 신이 지어준 이름. 사라Sarah가 울부짖는다. 아우슈비츠의 생존자 사라. 사라와 함께 생환한 유켈Yukel. 사라는 울부짖고 유켈은 그 사태의 현장에 대하여 침묵한다. 인간의 언어로 말할 수 없다. 사태의 진리에 대하여 완벽하게 말할 수 없다. 진리를 말할 수 있는 자는 죽었고 생존자는 기억할 때마다 고통스럽다. 사라는 울부짖다가 미친다. 유켈은 고통 속에서 침묵한다. 아우슈비츠. 그것은 재현 불가능한 사태이다. 언어 이전의 실재이다. 언어가 부재하는 진리이다. 무한한 어둠이며 침묵이다. 울부짖는 침묵이다. 무無이다. 없음, 무無가 아니라 '있지 않음의 있음'이다. 부재하는 현존. 그렇게 '있지 않음의 있음'을, 희게 쓰여진 백지의 '흼'을, 공백을, 공백의 상처를, 울부짖음의 침묵을, 언어가 되지 못한 자음을, 시인은 어떤 이름으로 명명하고 글을 써야 하는가.

　에드몽 자베스는 『질문의 책 *Le livre des questions*』(1963)에서 시인의 자리를 책의 문간, 문지기에 놓는다. 시인은 아우슈비츠, 사태의 현장에 있지 않았다. 글 쓰는 나는 사라와 유켈의 이야기를 전해 듣고 쓴다. "그 울부짖음에 나는 그대(유켈)와 사라의 이름을 붙"인다. "어떻게 그대에게 그대 자신을 표현하는 것이 가능했겠는가, 그대는 오직 울부짖음을 연장하기 위해서만 입을 떼거늘." 책의 문지기. 나는 글을 쓰면 쓸수록 울부짖음에 대한 글쓰기가 거짓말이 된다는 것을 자각한다. 재현 불가능한 글쓰기라는 것을 절감한다. 죽음 이전과 죽음 이후의 대화는 어떻게 가능한가.

내가 쓰는 책 속의 유켈은 자살하고 사라는 울부짖다가 미친다. 사라는 12년간 정신병동에 있다가 죽는다. 이 모든 사태의 진리에 대하여 나는 하나의 이름으로 명명할 수 없다. 하나의 이야기로 정리할 수 없다. 한 권의 책으로 쓸 수 없다. 저 많은 사람의 죽음과 이름 부를 수 없는 수많은 사람의 얼굴과 죽어가는 생환자의 울부짖음과 자살한 사람들의 침묵에 대하여 하나의 이름으로 부를 수 없다. 하나의 이름으로 확정할 수 없다. 단 하나의 이름. 그것은 폭력이다.

진리는 끊임없는 발명이다. 왜냐하면 진리는 스스로에 반하며, 오직 잠정적인 것만이, 나뉘어질 수 있는 것만이 진실하기 때문이다.
_『질문의 책』(275)

"명백함은 놀라운 것을 죽"인다. 그러므로 나는 책의 문지기로서 쓴다. 거짓말일지라도, 허구의 책일지라도, "책의 죄를 짊어"질지라도, 사태의 진리에 대하여, 망각에 대하여, 거듭, 다른 이름들을 써야 한다. "끊임없이 지우고, 끊임없이 층들을 벗겨내고, 그 이름을 떼어버려

마침내 그 이름이 발음할 수 없는 이름이 되"도록 써야 한다. "언어는 **모든 것**이다. 언어는 매번, 가장 사소한 요소들에 이르기까지, **모든 것**을 우리 눈앞에 재현해 주기 때문이며, 우리가 **모든 것**에 이를 수 있는 것은 언어 덕분이기 때문이다. 하지만 그것이 **모든 것**이기에, 언어는 또한 어떤 것도 아닌 **무**"이기 때문이다. "하나의 단어는 우선은 벌떼였다가 이름이 된다. 두 개의 이름이 내 마음과 정신을 두고 다투었었다. 나는 그 이름들을 내 자신의 밑바닥에서 찾아내었으며, 그것들의 존재는 나에 의해 어둠 속에서 체험된 존재"이다. 단 한 권의 책이 아니라 복수複數의 책 속에서, "시간 안과 시간 밖에서의 무한한 대화"(「섭리-에드몽 자베스와의 좌담」)가 탄생하도록 독자들이, 침묵 속에서, 수많은 이름을, 익명의 이름들을, 부재의 얼굴들을, 백지의 증언들을 만나고 질문하도록 써야 한다. 그 글쓰기의 어려움은 존재의 어려움과 다르지 않다. 글쓰기가 무無에 이르는 도정이라면 존재는 죽음에 이르는 도정이다. 무無와 죽음 앞에서 글쓰기와 삶은 고통스러울지라도 멈출 수 없다. 끝까지 질문하기를 멈출 수 없다. 저 울부짖음은 어떤 이름인가.

그대 이름이 한 글자만을 가졌다면, 그대는 그대 이름의 문간에 있다.

그대 이름이 두 글자를 가졌다면, 두 개의 문이 그대의 이름을 열어젖힌다.

그대 이름이 세 글자를 가졌다면, 세 개의 돛이 그대 이름을 실어 간다.

그대 이름이 네 글자를 가졌다면, 네 개의 수평선 아래 그대 이름이 잠긴다.

그대 이름이 다섯 글자를 가졌다면, 다섯 권의 책이 그대의 이름을 열람한다.

그대 이름이 여섯 글자를 가졌다면, 여섯 현자가 그대 이름을 해석한다.

그대 이름이 일곱 글자를 가졌다면, 일곱 개의 가지가 그대의 이름을 불태운다.

_『질문의 책』(94~95)

내 이름은 내 고통 안에 있다. 내 고통에는 이름이 없다.

_『질문의 책』(419)

6. 이름은

참고문헌

공동번역『성서』개정판, 대한성서공회, 보진재, 2000.

로베르 앙텔므, 『인류』, 고재정 옮김, 그린비, 2015.

모리스 블랑쇼, 『문학의 공간』, 이달승 옮김, 그린비, 2010.

모리스 블랑쇼, 『카오스의 글쓰기』, 박준상 옮김, 그린비, 2012.

스테판 말라르메, 『시집』, 황현산 옮김, 문학과지성사, 2005, 111쪽,
　　183~184쪽.

스테판 말라르메, 「운문의 위기」, 황현산 옮김, 『포지션』 2014년 6월
　　호, 포지션, 192쪽.

스테판 말라르메, 「르네 길의 『언어론』 서문」, 유평근 옮김, 『세계에
　　세이 100인 선집』, 양우당, 1983, 61쪽.

에드몽 자베스, 『질문의 책』, 이주환 옮김, 한길사, 2022.

조지프 댄, 『유대교 신비주의 카발라』, 이종인 옮김, 안티쿠스, 2010.

폴 오스터, 「섭리-에드몽 자베스와의 좌담」, 『굶기의 예술』, 최승자
　　옮김, 문학동네, 1999.

프란츠 카프카, 『카프카의 일기』, 장혜순·이유선·오순희·목승숙 옮
　　김, 솔출판사, 2017.

플라톤, 『크라튈로스』, 김인곤·이기백 옮김, 이제이북스, 2007.

Stéphane Mallarmé, *Correspondance complète 1862-
　　1871, Lettres sur la poésie 1872-1898*, (Préface de
　　Yves Bonnefoy, Édition de Bertrand Marchal),
　　Gallimard, 1995, p.386.

Stéphane Mallarmé, *l'enquête Sur L'évolution littéraire 1891, Igitur, Divagations, Un coup de dés* (préface de Bertrand Marchal), Gallimard, Poésie, 2003, p.405.

송승환 시인이
펴낸 책들

• 시집
『드라이아이스』, 문학동네, 2007.
『클로로포름』, 문학과지성사, 2011.
『당신이 있다면 당신이 있기를』, 문학동네, 2019.

• 평론집
『측위의 감각』, 서정시학, 2010.
『전체의 바깥』, 문학들, 2019.

파

송승환 시집

초판 1쇄 발행   2026년 3월 22일

발행인   이인성
발행처   사단법인 문학실험실
등록일   2015년 5월 14일
등록번호   제300-2015-85호

주소   서울시 종로구 혜화로 47 한려빌딩 302호
전화   02-765-9682
팩스   02-766-9682
전자우편   munhak@silhum.or.kr
홈페이지   www.silhum.or.kr

디자인   김은희
인쇄   아르텍

ⓒ송승환
ISBN 979-11-984817-6-4 (03810)
값 12,000원